La luciole attend la nuit pour briller

Lettres camerounaises

Collection dirigée par Gérard-Marie Messina

La collection *Lettres camerounaises* présente l'avantage du positionnement international d'une parole autochtone camerounaise miraculeusement entendue de tous, par le moyen d'un dialogue dynamique entre la culture regardante – celle du Nord – et la culture regardée – celle du Sud, qui devient de plus en plus regardante.

Pour une meilleure perception et une gestion plus efficace des richesses culturelles du terroir véhiculées dans un rendu littéraire propre, la collection *Lettres camerounaises* s'intéresse particulièrement à tout ce qui relève des œuvres de l'esprit en matière de littérature. Il s'agit de la fiction littéraire dans ses multiples formes : poésie, roman, théâtre, nouvelles, etc. Parce que la littérature se veut le reflet de l'identité des peuples, elle alimente la conception de la vision stratégique.

Déjà parus

Dongmo FEUGAP, *Señoratou,* 2013.
Serge NOUKEU, *L'herbe n'était pas assez verte ou Nouvelle Afrique, 2013.*
Albert NDJALA VOUNDI, *Le fiel du miel*, 2013.
Nonyu MOUTASSIE ERARD, *Des racines au feuillage*, 2013.
Georges YOUT, *Ça ne gêne personne*, 2013.
André AYANGMA, *Orphelinades, Afrique, Soweto*, 2013.
Joseph Patrice FOUMAN, *Le radeau de l'inconnu*, 2013.
Leontine LONGBOU FOPA, *Appelez-moi Madame Oumarou*, 2013.
Marius NANYA, *Les saveurs de l'Afrique*, 2013.
Siméon TSEMO, *L'homme qui n'avait pas eu de nom*, 2013.
Kanouo L. Fabrice, *Éclats de vie*, 2013.
François A. NTSAMA, *Un nouvel an pas comme les autres et autres nouvelles*, 2013.
Eustache OMGBA AHANDA, *Les fleurs de l'âme*, 2013.

Diane Descôteaux

Gervais de Collins Noumsi Bouopda

La luciole attend la nuit pour briller

Haïku

Du même auteur

DESCÔTEAUX, Diane :

La magie du cœur : poèmes, Québec – Canada, 1990.

De cœur et de chair : poèmes, Dijon – France, 2000.

Trios : collection haïku, Les Adex, Rouville – France, 2004.

Averse d'étoiles : poèmes, Teichtner, Québec – Canada, 2005.

l'heure du thé : haïku, Karedas, Paris – France, 2008.

Automne prélude : rensaku, Québec – Canada, 2008.
(coécriture avec L. Pelletier & L. Michaud)

Au-delà du décor / Dincolo de decor : Editura Confluenţe, français/roumain, Roumanie, 2009.

Haïti pour toujours - Ayiti pou toutan : Éditions Choucoune, français/créole, PaP, Haïti, 2010.

NOUMSI BOUOPDA, Gervais de Collins :

L'encre du revers *: poèmes, Le Manuscrit – France, 2005.*

Le Livre d'Or pour la Paix *: poèmes, Joseph Ouaknine – France, 2008.*
(ouvrage collectif)

5-7, rue de l'Ecole-Polytechnique, 75005 Paris

http://www.harmattan.fr
diffusion.harmattan@wanadoo.fr
harmattan1@wanadoo.fr

ISBN : 978-2-343-01401-2
EAN : 9782343014012

je dédie cet ouvrage à vous tous
qui nous lirez en vous demandant si cela fut
ainsi qu'il est dit dans ces pages...

Diane DESCÔTEAUX

*À tous mes frères et sœurs
qui souffrent du manque d'amour,
Puisse ce rêve les emporter
afin de leur procurer le bonheur.*

Gervais de Collins NOUMSI BOUOPDA

DE L'ÉVIDENCE À L'ESSENCE

par GIOVANNI DOTOLI

Je connais directement Diane Descôteaux depuis à peine un an. Je l'ai contactée pour mon livre *La poésie érotique française contemporaine, Anthologie*[1]. Elle a immédiatement adhéré à mon projet, ce qui a allumé l'étincelle de la confiance et de l'amitié et, par la suite, de la collaboration. J'ai à l'instant ressenti que nous étions sur la même lignée : c'est que nous voyons tous deux le monde en poésie dans l'engagement total, au jour le jour.

Mais je n'aurais jamais pensé être le premier lecteur d'un recueil de haïkus à quatre mains dont Diane Descôteaux est l'un des deux auteurs et l'inspiratrice. Le chemin initial est déjà allé très loin et ce n'est, sans aucun doute, qu'une ébauche d'un voyage poétique sur les sentiers merveilleux de la langue française.

Je suis l'un des quelques fondateurs de l'Association italienne d'études canadiennes en 1979, à l'Université d'Urbin, que j'ai présidée pendant douze ans et à travers laquelle j'ai beaucoup contribué à faire connaître la littérature québécoise en Italie et en Europe. Outre la Langue et Littérature françaises, j'enseigne depuis une dizaine d'années aussi la Littérature canadienne d'expression française, c'est-à-dire surtout la grande parole poétique du Québec.

C'est donc sur un triple axe que j'ai accepté l'honneur de préfacer ce livre : l'amitié, l'immense estime à l'égard de Diane Descôteaux, la fréquentation de la littérature québécoise – surtout la poésie – depuis plus de trente ans.

---

[1] Paris, Hermann Editeurs, 2011, 582 p.

Le titre m'a intrigué sans pas même lire le livre : *La luciole attend la nuit pour briller.* Sous-titre encore plus intrigant : *Haïku.* Une luciole qui illumine la nuit du poète, et puis haïku au singulier, comme si c'était un seul poème, du premier au dernier vers.

J'ai le plus grand amour pour cette forme de langue poétique, mais la forme ne m'a pas suffi pour pénétrer ce beau voyage dans la parole. Après le titre, voici une autre surprise de taille : les deux autres mains sont celles de Gervais de Collins Noumsi Bouopda, écrivain camerounais.

Débarqué en Afrique avec Léopold Sédar Senghor, le haïku est, depuis lui, arrivé dans ce continent d'amour et si cher à mon cœur parce que tout près de la région où je vis dans le Sud de l'Italie, les Pouilles, ce qui m'a tout naturellement poussé à m'occuper de la littérature francophone du nord de ce continent et du Moyen-Orient.

Voilà que le jeu devenait de plus en plus intéressant. Était-il une écharde de la nouvelle mondialisation ? Amérique, Afrique, Europe, Québec, Cameroun, Italie. Un trio parfait, pour essayer de comprendre la parole humaine, pour aller à la recherche de ce qui nous unit depuis la première musique du monde.

De quelle luciole s'agit-il ? Pourquoi l'allumer en haïkus ? J'ai voulu aller à la source, et *toto corde* me plonger dans cette forme d'organisation « fixe » de la poésie, encore une fois avec des surprises de merveilleuse qualité.

J'ai eu recours au *Dictionnaire historique de la langue française*, ce monument réalisé par l'un de mes meilleurs amis, Alain Rey, cet infatigable chantre de la langue française, de France, du Québec, de Belgique, de Suisse et des pays qui l'ont choisie en partage. J'y lis, de plus en plus étonné : « HAÏKAÏ, HAÏ-KAU ou HAÏ-KU n. m. [nom masculin], attesté chez Paul Éluard (1920) dans un titre de recueil (*Pour vivre ici, onze haïkaïs*), est la translittération d'un mot japonais, attesté en 1905, comme titre d'une section d'une anthologie, sous la forme de *haïkaï-ka* ».

Paul Éluard, l'un des plus grands poètes français du siècle dernier, l'auteur du célèbre poème *Liberté* que tout le monde apprend à l'école en France et dans une grande partie de l'Europe, est l'auteur d'un recueil de haïkus ! Mais il n'est pas seul. Rainer Maria Rilke, Paul Claudel, Philippe Jaccottet et Yves Bonnefoy font de même[2]. Le haïku frappe d'ailleurs déjà Ezra Pound dans les années 1915. Diane Descôteaux et son confrère Gervais de Collins Noumsi Bouopda sont dans la même foulée et en belle compagnie.

Ce livre est donc sur les traces de l'histoire, du lien entre Occident et Orient, Nord et Sud, sans aucune distinction, ni de religion, ni de race, ni de culture : la parole poétique est la voix de l'être humain, une voix universelle, une étincelle qui illumine toute terre et tout village.

Le haïku se compose de trois vers, ce qui est acquis sur le plan général, mais on a tendance à oublier deux éléments fondamentaux : la structure fixe et formelle du 5-7-5, absolument dix-sept syllabes, sur le rythme du vers impair, dont le premier et le troisième sont pentasyllabiques et le deuxième heptasyllabique. Différence capitale : au Japon ce rythme est sur une même ligne verticale tandis que l'Occident a choisi de l'étaler sur trois lignes. Mais restent et s'affirment le sens de l'instant

---

[2] Fabrice Midal, *Pourquoi la poésie ?*, Paris, Agora, 2010, p. 175 et suivantes.

et l'émotion suprême de la chute, ce troisième vers qui doit frapper le lecteur.

C'est comme un petit coffre-modèle qui garde l'essentiel du trésor de la langue. C'est un triangle et un hexagone, un cercle et un point, une droite et une courbe : c'est nous avec toute la géométrie de notre âme. C'est des exclamations et des interrogations, des cris et des silences, des voix hautes et des chuchotements. C'est des inscriptions sur la pierre et des éclats qui s'envolent comme des touches de couleurs.

Roland Barthes est sublime dans son *L'Empire des signes*, une superbe lecture de la culture japonaise[3] : « Le haïku fait envie : combien de lecteurs occidentaux n'ont rêvé de se promener dans la vie, un carnet à la main, notant ici et là des 'impressions', dont la brièveté garantirait la perfection, dont la simplicité attesterait la profondeur [...]. Dans le haïku, dirait-on, le symbole, la métaphore, la leçon ne coûtent presque rien : à peine quelques mots, une image, un sentiment – là où notre littérature demande ordinairement un poème ».

Tout est dit en quelques mots dans cette fresque de Roland Barthes. Le lien avec la vie au jour le jour, la connotation essentielle, la simplicité primitive, le symbole, la métaphore du réel, la leçon aérienne et céleste. Le haïku est un vol dans l'azur. Le poète n'est plus à la fenêtre du monde, laquelle reste au-delà de son regard, mais dans le monde, au milieu de la vérité qui va, comme une libellule, si ce n'est une luciole.

Ainsi le poète est-il léger et profond, d'une profondeur ailée. L'Occident ne découvre que très

---

[3] Paris, Éditions du Seuil, 1970, p.91-92.

tard cette poésie, au XXe siècle, après son intérêt pour la culture nippone au XIXe. La raison de ce retard ne nous intéresse pas. Ce qui est fondamental, c'est de constater que le haïku arrive en Europe simultanément à l'affirmation des avant-gardes soi-disant historiques, précisément dans les années 1920. C'est qu'il exprime la même conception primitive, le même voyage à la source et à l'essence de la parole. Lors de la réception du prix Masaoka Shiki, en 2000, Yves Bonnefoy comprend le premier le sens de cette coïncidence. Il précise que le haïku permet d'approcher « l'Un dans chaque chose »[4]. C'est que cette forme brève « répond à l'histoire même de la modernité », par la libération de toute suture pour aller à l'invisible lui-même. La liberté du haïku est le signe de la liberté de notre essence.

Pas d'idées, pas de superstructures, pas d'histoire, pas de culture, pas d'éloquence : la poésie est dans le mot, qu'il faut laisser tel quel. Jacques Roubaud confirme : « Chaque haïku concerne en lui-même un moment poétique intense, sans abstraction, sans complexité apparente : 'Pas d'idées, sinon dans les choses', telle pourrait être la définition du haïku, même si elle est de William Carlos Williams »[5].

Le haïku n'est pas un simple exercice de style mais une sculpture minimale de l'essence poétique. Il a le but de tout dire en quelques mots simples, comme dans la nature, comme dans une formule mathématique parlante. Il vise le *hic et nunc*, l'ici et maintenant. C'est une sorte d'épigramme incisive et minimale. C'est un art savant et populaire, de la culture haute et de celle de tout le monde.

---

[4] Yves Bonnefoy, *Le haïku, la forme brève et les poètes français*, discours, cit. in Fabrice Midal, *Pourquoi la poésie?*, Paris, Agora, 2010, p. 179-180.
www.shiki.org/2000/bonnefoy%20lecture.html

[5] Jacques Roubaud, « Le Matin », 1er novembre 1986.

Le haïku applique la pratique de notre langage quotidien. Il est collectif et individuel. L'auteur parle au milieu de la foule, en restant toujours lui-même. Il badine – en japonais *haïku* signifie aussi 'badinage' – en dialoguant, communique dans la spontanéité, écoute la voix de la nature.

Le poète est en tension continue. Sa miniature langagière n'est que la formule du vu, une relation entre la chose et le mot, une perception de la fluence et de la mouvance du monde. Tout passe et tout lasse et nous ne percevons que des bribes de lumière comme les clignements d'une luciole.

Le jeu de la parole est flottant dans un trait d'esprit enchaîné comme les jours qui vont pour aller, comme des roses qui naissent et se fanent, apparaissent dans leur splendeur et vont vers la fin, pour recommencer sur cette route du monde qui est aussi la nôtre.

Je retrouve tout cela dans ce petit chef-d'œuvre. Le trait y avance comme dans une métaphore. C'est un texte à l'allure impressionniste, lequel saisit le mouvement du temps, en passant de l'éphémère au profond et de l'évidence à l'essence.

Le verbe de Diane Descôteaux et celui de Gervais de Collins Noumsi Bouopda s'enchaînent comme de petites perles de toutes les couleurs de l'arc-en-ciel sur le fil de ce genre littéraire. Le plan formel classique est parfait, je le répète, 5-7-5. L'information perd toute lourdeur. Les correspondances s'envolent mot après mot. La séquence rythmique est spontanée avec une perception merveilleuse du fugitif des choses. Charles Baudelaire n'affirme-t-il pas que la modernité est le lien entre l'éternel et le fugitif, ce qui reste à jamais au cours de l'histoire et le changeant qui s'échappe ?

Et ici, dans ce texte, tout est éternel et fugitif, trait d'esprit et sculpture éternelle, légèreté et réflexion philosophique. L'Afrique est « en tournée », « vers sa destinée », comme nous, tous dans la « même direction », celle de la « migration », avec des escales en succession pour aller au « pays de couleurs », « nourrir les ancêtres ».

Écrire à quatre mains c'est comme jouer du piano :

écrire en duo –

instant de complicité

et de pure joie

La collaboration des deux poètes marche « *à coup de haïku* », des « *chansons aux lèvres* », une « *luciole au milieu* », sous des « *milliers d'étoiles* ». « Rechercher [...] l'autre » : voici le rythme du texte, de haïku en haïku, vers l'amour, le sensuel et le sexuel, le matériel et le spirituel. Les murs tombent, les corps se parlent : le haïku est comme l'amour. Il va parce qu'il va, comme le monde où nous habitons.

Diane Descôteaux et Gervais de Collins Noumsi Bouopda ne nous offrent pas une simple collaboration. Ils voyagent par poésie de la simplicité, nous signalent où est la « Beauté supérieure » dont parle Théophile Gautier[6], nous annoncent que la poésie est élévation de l'âme.

Leurs mots sont sacrés comme le temps. Le hasard de la langue se fait chaîne des jours et évocation de notre moi. Deux âmes errantes se rencontrent en poésie sous l'arbre de l'Un.

---

[6] Cit. *in* Gérard Pfister (sous la direction de), *"La poésie c'est autre chose".* 1001 définitions de la poésie, Paris, Arfuyen, 2008, p. 35.

La langue de ce texte est musicale, souple, lyrique : elle procède par ondulations de rêverie et survie qui est, dans la vie, cime et terre, caresse et épaisseur.

Mais le silence n'est jamais absent. La voix s'articule en respirations ondoyantes, entre l'immuable et le permanent, la chair et l'esprit. Les mots deviennent comme des êtres vivants. Dans leur connotation d'air printanier, ils déchiffrent le monde et nous l'offrent sur un plateau d'argent dans la magie de l'incantation, de l'évocation et de la latence.

Orphée double de nos jours, ce couple poétique respire la même langue, dit ce qui est dit, déchire la continuité, parcourt les mêmes routes d'errance, sans but précis, en dénudant le sans sujet.

Cette poésie est une prière douce, enfin une présence unifiante, dans l'intemporalité par l'ouverture sur l'apparence du monde, sans jugement, sans morale sur la route des Temps nouveaux.

C'est une preuve authentique de langage poétique qui ne transfigure pas mais parle la langue de notre cœur.

« *La luciole attend la nuit pour briller* » m'a merveilleusement confirmé que la poésie est connaissance, émotion, révélation et vie et que, sans poésie, nous perdons l'essentiel : le chemin de l'expérience et de l'amour.

Giovanni DOTOLI
Université de Bari Aldo Moro
le 24 avril 2011, jour de Pâques

pluie intermittente –
dans son jargon médical
mon rein droit malade

• • • • • • •

« mieux à Yaoundé
pour guérir que chez ton père » –
ce fut décidé

Note des auteurs : les textes en caractères droits sont de Diane Descôteaux et *ceux en italiques sont de Gervais de Collins Noumsi Bouopda*.

l’Afrique en tournée –
comme un sentiment d’aller
vers sa destinée

• • • • • • •

grande migration –
mon avion et les outardes
même direction

escale au Maroc –
premier souvenir d'Afrique
dès le chant du coq

• • • • • • •

voir par les hublots
sous l'océan de nuages
écumants les flots

sur le bout de l'aile
de la *Royal Air Maroc*
lune parallèle

• • • ● • • •

aussi du voyage
la pleine lune éclairant
tout le fuselage

à l'aéroport
la seule Blanche au contrôle
de son passeport

• • • • • • •

pays de couleurs
y reconnaître ses frères
sans être des leurs

« rio dos camaroes »
ou la rivière aux crevettes
puis le Cameroun

• • • • • • •

se faufilant entre
Bonabéri et Douala
le fleuve Wouri

le mont Cameroun
surnommé le « char de Dieu » –
le plus haut sommet

• ••●•• •

les Camerounais
nez camus et traits de race
au fin cuir de jais

à Yaoundé, chez toi,
avoir l'impression étrange
d'être un peu chez moi

• ••●•• •

or dans ta maison
femme, poète et maîtresse
plus que de raison

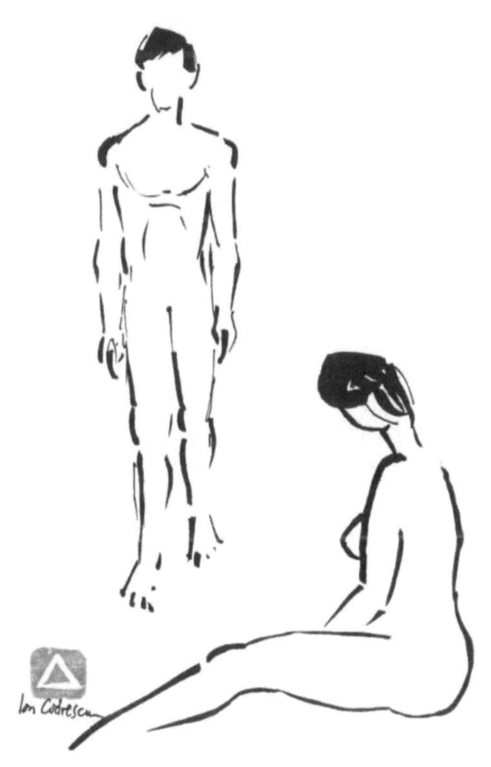
Ion Codrescu

couple de lézards
dans la chambre et sous la douche
craindre les cafards

la femme en pétard
son homme la fait attendre –
toujours en retard

un pari perdu –
quel phénomène bizarre
la lune à huit heures

• • • • • • •

lune en plein matin –
souvenir d'une gageure
en ciel africain

ta mine joyeuse
au restaurant Cercle vert
ce douze novembre

• • • • • • •

tous ces cris d'oiseaux
qui résonnent ce matin –
s'endormir encore

il tombe des cordes –
plutôt que d'aller en classe
prolonger la nuit

• ••●•• •

nourrir les ancêtres
partout ailleurs mais, chez lui,
ni rites ni maîtres

jeunes apprentis
haïjin autour de la table –
poule et ses petits

• ••●•• •

balade en soirée –
sur le muret de béton
tv égarée

un pot de fleur blanc
au-dessus d'un placard noir –
un heureux contraste

• •••••• •

portraits de deux hommes
de chaque côté du mur
la flûte à la bouche

il aime mes yeux
mon sourire et ma peau blanche –
ce n’est pas sérieux

• • •●• • •

toujours à t’attendre –
j’en ris mais au fond je pleure
las, à pierre fendre

accueil des plus froids
suivi d'un à-plus-à-l'heure
la prochaine fois

• • • • • • •

grand, professionnel
il m'introduit dans sa classe –
au septième ciel

l'enseignant sans trêve
l'œil dans le décolleté
plongeant d'une élève

• • • • • • •

écrire en duo –
instant de complicité
et de pure joie

assise à la table
la dame en robe de nuit
lisant un haïku

• • • • • • •

dans ton regard vert
lire quelques doux messages
littéralement

lampe-torche en main
complètement sous ton charme
à coup de haïku

• • • • • • •

ensemble à Essos
attablés plume à la main
par un froid de chien

au coin de la rue
haïku, *Malta*, grand *Coca*
et quelle cohue

• • •●• • •

vent lourd et humide
en ce dix-sept de novembre
revenir plus tôt

la foule alentour
du marchand de cellulaires –
gestion des retours

• • • • • • •

soirée de novembre –
viande de porc et boisson
dans un snack sympa

un blanc bourguignon –
trois serveurs expérimentent
le tire-bouchon

• • ● • •

au son des tambours
tes épaules et tes fesses
frénétiquement

un fumet de viandes
en plein milieu du quartier
des chansons aux lèvres

• • ● • •

dans le carrefour
des filles en mouvement –
climat à la fête

samedi vingt heures –
des discussions entre amis
autour d'une bière

• • • ● • • •

cuites sur bâtons
mama ! j'ai mangé les larves
de trois hannetons

en toute amitié
soirée au *Tchapalodrôme* –
bière à volonté

• ••●•• •

deux *Castel* d'un trait –
afin de se mettre à l'aise
un coin en retrait

marguerite éclose
jaune paille au bouton d'or –
la saison des pluies

• • • • • • •

trois, quatre hirondelles
tournoyant autour de nous
sur fond de nuages

amas de nuages
voyageant du nord au sud –
la pluie très bientôt

• ••●•• •

des gouttes de pluie
en cette fin de novembre –
se mettre à l'abri

fleur bleue étoilée
dont je ne sais pas le nom
luciole au milieu

• • • • • • •

percer le raphia
pour extraire du vin blanc
entre deux bambous

s'abriter à l'ombre
en quête d'un peu de fraîche
au mois de novembre

• • • • • • •

des milliers d'étoiles
scintillantes cette nuit
pour la saison sèche

un courant d'air pur –
retourner dans mon village
avec une amie

• •••••• •

ce même trajet
banal et long d'ordinaire
si court avec toi

partout dans le bus
une chaleur suffocante –
en route pour l'Ouest

• • • • • • •

des maisons de terre
en pays bamiléké –
Dschang revisité

long voyage en train –
dormir ma main sur la cuisse
du mauvais voisin

• • •●• • •

fatigué à mort
dans une chambre d'hôtel
le sommeil l'emporte

danses esquissées
sur des airs de *makossa* –
langueurs épicées

• • • ● • • •

pour tromper la faim
en bordure du chemin
se gaver de pommes

une dame nue
me réclamant sa serviette –
refus radical

• • ● ● ● • •

ton corps sur mon corps
à l'hôtel Constellation
pour magnifier Dschang

les cieux étoilés
par la fenêtre du bus –
vous à mes côtés

• • • • • • •

des rues délabrées
dans la ville à l'abandon –
salut Bafoussam

assis côte à côte
dégustant des arachides
qui viennent du coin

• • • • • • •

mouvement de foule
à l'arrêt de l'autobus –
la pause pipi

descendant du bus
bouteille d'eau à la main –
une femme a soif

• • ••●•• • •

sentir ta colère
même à travers ton silence
comment l'esquiver

tu ne m'aimes pas –
que t'importe ma colère
alors dans ce cas

• • • ● • • •

ton silence pèse
et m'écrase en cet instant
à quoi penses-tu ?

soif de ta parole
regard et visage en berne
que ne dis-tu rien

• • • • • • •

de retour en ville –
en toute chose une fin
même notre idylle

il aime chanter
et, malgré ses fausses notes,
j'aime l'écouter

• ••●•• •

sous un froid glacial
contre ma nuque, ta main –
sentir ta chaleur

couché sur le dos
te lorgnant du coin de l'œil
attendant tes mains

• • • • • • •

n'existerait pas
sans toi ce havre paisible
au creux de tes bras

mes mains baladeuses
glissant autour de tes hanches
pour te stimuler

• • • • • • •

frissonnante chair
entre tes deux mains expertes
et pleines de flair

dans un lit deux places
des seins chauds sur mon corps froid –
désir et ...désir

• • • • • • •

ton corps dans mon lit
et tes tétons pour ma bouche
le goût du miel pur

qu'est-ce qui me touche
sont-ce les mots, les baisers
sortis de sa bouche ?

• • • • • • •

partout, tôt ou tard,
avec cet éclat sauvage
au fond du regard

une veine étroite
court en zigzag sous la chair
de sa tempe droite

• • • • • • •

des regards furtifs –
un homme et ma dulcinée
sur le siège arrière

collègue au volant
eux derrière et moi devant –
leurs baisers troublants

• ••●•• •

dans mes scénarios
des caresses, des baisers –
le cœur plein de doute

cette femme blanche
pour ta chair de *safou* noir
corps et âme flanche

• • • ● • • •

rechercher chez l'autre
ce qu'on ne possède pas
pour en faire nôtre

Ion Codrescu

mon sein dans ta main
dormir couchés en cuillères
jusqu'au lendemain

• • • • • • •

mon cœur transpercé
par tes baisers pour cet autre –
trahison dans l'âme

jalouse du fruit
que tu portes à ta bouche
je veux être lui

• •••••• •

couchés dans ce lit
dans ma main droite, tes seins
qui me rendent fou

le goût du thé noir
avec celui de la crème –
fusion et pouvoir

• • • • • • •

professeur *sexy*
plus doux que la canne à sucre
et plus ferme aussi

tes mains sous mes fesses
dans ce commerce des sens
en moi tu te dresses

• • • • • • •

ruisseau, fleuve et mer
tu vas et viens sur le sable
brûlant de ma chair

calibre un peu large
pour l'étroitesse du trou
trop pour la décharge

• • • • • • •

écart important
du col à l'artillerie
pourtant, et pourtant...

te lécher la fente
toute imprégnée de nectar –
te faire plaisir

• • • • • • •

bouton frémissant
à chaque coup de sa langue
jouir en gémissant

sentir ma semence
se répandre dans ta bouche
plaisir peu commun

• • ●●●● • •

ah ! le souvenir
sucré salé de ton sexe
et son élixir

je me désaltère
au fleuve noir de ta peau –
ne plus toucher terre

• • ••●•• • •

s'il faut que je meure
t'ayant connu je me fous
de mourir dans l'heure

ce continent noir
appris en géographie
dans tes bras ce soir

• ••●•• •

tatouage d'Afrique
sur mon bras et tout en bas
le sceau de ta trique

chaleur des tropiques –
liane autour d'un bambou
en plaisirs épiques

• ••●•• •

à toutes les veilles
je t'aime et je t'aime encor
quand tu te réveilles

hum… de tout son être
voir, toucher, sentir, goûter
chaque centimètre

• • • • • • •

s'il avait fallu
qu'il, sans savoir que je l'aime,
succombe au palu…

partout je te vois
depuis l'arachide blonde
jusqu'au feu de bois

• ••●•• •

ce dernier dimanche
la vie en accéléré –
le Noir et la Blanche

la dernière nuit
abandonnée à moi-même
dans son propre lit

• •●• •

assis tous les deux
est-ce notre dernier soir
sur ce divan bleu ?

dîner d'au revoir
au resto de Nsimalen –
rire et oublier

• ••●•• •

adieux douloureux –
vingt-et-un novembre au soir
à l'aéroport

triste malgré moi
sans un signe d'au revoir –
batailler pour rien

• • • • • • •

dans tout jeu de rôle
ne rien laisser au hasard
ou hors de contrôle

tu n'étais qu'un nom
parmi d'autres sans visage
mais depuis je... non !

• ••●•• •

ruse et stratagème
du chat et de la souris
pour taire un *je t'aime*

une ombre au tableau –
entre nous quelle attirance
mais aussi que d'eau

• • ••••• • •

bouteille à la mer
ballottée aux rythmes nègre
et blanc de la chair

ris, tu m'as bien eue
avec ces fausses photos
de moi toute nue

• • • • • • •

n'était-ce de toi
aimerais-je autant l'Afrique ?
j'en doute, ma foi !

torrides amours
entre l'été puis l'automne
pendant quelques jours

• • • ● • • •

je pars et tu restes –
pour ne pas souffrir vaut mieux
que tu me détestes

déjà que ma tête
est pleine de vous, mon cœur
fuit votre conquête

• • ● • •

tout me manque mais
plus que tout encor son rire
expansif et frais

en train de rêver –
une voix d'Afrique sonne
l'heure du lever

• • • • • • •

six heures vingt-trois
un coup de fil du Québec –
trop de « grand merci »

s’écrire et causer
mais secrètement s’attendre
à chaque baiser

• • • • • • •

trois heures cinquante –
vos caresses et baisers
sur mon imprimante

mon cœur, est-ce à tort,
quand je vous lis bat plus vite
sans faire d'effort

• • • • • • •

brillant clair de lune
en ce début de décembre
ah ! les amoureux

la lune en gros plan –
viens, je t’attends dans mes rêves
ce premier de l’an

• • • ● • • •

te revoir un jour
dans cette ambiance de fête –
mon rêve d’aimer

marcher à tâtons
par une nuit sans étoiles
cherchant des repères

• • • • • • •

l'imagination –
en elle, homme ou femme trouve
sa consécration

foi de marabout
conte en haïku pour adultes
à dormir debout

• • • • • • •

recueil de haïku -
fruit de l'imagination
ou réalité

Ion Codrescu

plus de grands froufrous
des sens – juste un mur aveugle
sans portes ni trous

• ••●•• •

n'étiez-vous qu'un songe
et quand vous disiez m'aimer
était-ce un mensonge

bécots et mots doux
se font de plus en plus rares –
un mur entre nous

• ••●•• •

enfin, un appel
deux textos et trois semaines
plus tard, un courriel

le poids de son corps
et le *foléré** me manquent –
tout ce vert dehors

• ••●•• •

la braise du jour
rouge et bien trop vite éteinte –
idem pour l'amour

**Jus des fleurs d'oseille de Guinée*

t’aimer pour toujours
cela pourrait m’arriver –
un beau jour ...peut-être

DIANE DESCÔTEAUX :

« pluie intermittente –
dans son jargon médical
mon rein droit malade »

Mention honorable

13th Mainichi Haiku Contest
(section internationale anglais-français)
Osaka, Japon – 2009

Diane DESCÔTEAUX

www.dianedescoteaux.com

Née en 1956 à Asbestos au Québec, elle a grandi à Montréal jusqu'en 1975 où elle migre dans le Centre-du-Québec pour y terminer des études universitaires en communication écrite.

Elle s'adonne à la poésie depuis l'adolescence et, en 1989, elle se consacre essentiellement à la poésie classique qui lui vaudra plusieurs prix et mentions littéraires en France tout particulièrement.

Vers l'an 2000, elle découvre le haïku et, saisissant la balle au bond, le défi de s'exprimer à travers cette forme poétique minimaliste cultivée en terreau nippon. Dès lors, passionnée par ce genre littéraire qu'elle explorera virtuellement d'abord, puis à travers ses lectures et en tant que membre de groupes de haïku, elle se rendra à Kyoto en 2009 afin de marcher dans les pas des grandes poétesses japonaises.

Nommée ambassadrice de la Fondation Naji Naaman au Liban pour la culture gratuite en 2011, elle anime des ateliers d'écriture de haïku dans des écoles au Québec et dans des lycées et universités à l'étranger, notamment en Haïti, au Cameroun, en France et en Roumanie.

GERVAIS DE COLLINS NOUMSI BOUOPDA

Né en 1980 à Douala au Cameroun, il a fait ses études universitaires d'abord à Dschang puis à Yaoundé.

Il s'intéresse très tôt à la poésie et consacre une bonne partie de sa jeunesse à la rédaction de poèmes dont une large part sera publiée dans son recueil L'encre du revers en France en 2005.

En 2007, il entreprend la coordination de l'anthologie de la littérature pacifique intitulée Livre d'Or pour la Paix qui verra le jour aux éditions Joseph Ouaknine en France l'année suivante.

Découvrant tout récemment le haïku en participant à des ateliers d'écriture, séduit et fasciné par ce genre littéraire, il s'y mit sans attendre comme en témoigne le présent ouvrage.

Ancien secrétaire général de l'Union Internationale des Jeunes Écrivains et Artistes pour la Paix, l'Amour et la Justice, il est depuis décembre 2009, le président de l'Union Internationale des Écrivains pour la Paix (UNIEP).

Depuis bientôt neuf ans, il enseigne dans des Instituts Supérieurs de Commerce au Cameroun.

GIOVANNI DOTOLI

Né à Volturino en Italie en 1942, il est professeur de Langue et Littérature Françaises et de Littérature canadienne d'expression française à l'Université de Bari et poète bilingue français/italien traduit en plusieurs langues.

Commandeur dans l'Ordre des Palmes Académiques, Officier de la Légion d'Honneur et Grand Prix de l'Académie française, il est l'auteur de nombreux ouvrages, essais, études et recueils de poésie, publiés en Italie, en France et en d'autres pays.

Dirigeant plusieurs collections et revues, il a été *visiting professor* à l'Université de Chicago et à l'École Normale Supérieure de la rue d'Ulm, à Paris.

Spécialiste des XVIe et XVIIe siècles, de la seconde moitié du XIXe et des mouvements d'avant-garde du début du XXe, de la francophonie canadienne et méditerranéenne ainsi que de la poésie actuelle, sa poétique se résume dans la certitude d'une responsabilité de la poésie en cette époque de science et de mondialisation, à travers le dialogue avec la simplicité de l'origine et avec les forces essentielles de l'univers, en une recherche continuelle d'amour.

Ion Codrescu

Né en 1951 à Cobadin (Viişoara) en Roumanie, il est détenteur d'une Licence artistique en Dessin (1973) et en Histoire de l'Art (1982) de l'Académie des Beaux-Arts de Bucarest. En 2007, il a soutenu une thèse de doctorat à l'Université Nationale d'Art de Bucarest : *L'image et le texte dans la peinture haïga au Japon et en Occident*.

Il a organisé 37 expositions personnelles en Roumanie, aux États-unis, en France, en Allemagne, en Grande-Bretagne, aux Pays-Bas, en Belgique, en Espagne, en Italie, en Slovénie, en Finlande et au Japon. On retrouve ses œuvres graphiques dans maintes collections privées et publiques à travers le monde ainsi qu'en tant qu'illustrations de plus d'une centaine de livres, journaux et revues à ce jour.

Auteur de 12 livres publiés en Roumanie, en France, en Grande-Bretagne, aux Pays-Bas, et en Slovénie, ses poèmes, essais et articles ont été publiés en 12 langues dans pas moins de 18 pays. Ses œuvres littéraires et artistiques ont été primées en Roumanie, au Japon, en France, en Grande-Bretagne, aux États-Unis, en Bulgarie, en Croatie, en Serbie et au Monténégro.

Poésie
aux éditions L'Harmattan

JE NE MOURRAI PAS AVANT LE PRINTEMPS
Abdelghani Fennane
Au-delà de l'évocation funèbre de la mort, c'est la juvénilité triomphale, la vigueur de la vie, dont le printemps est la métaphore, qui est ici chantée. En incarnant le cycle de la nature, le poème se veut aussi le fruit d'une lente maturation. Evoquant le silence, la nuit, l'absence, la blessure... ce recueil se veut d'abord un hymne à l'écriture et à son insoluble paradoxe. Car le don du chant qui libère la parole et exalte la vie lui-même nous captive et enferme, jalousement.
(Coll. Poètes des cinq continents, 10 euros, 60 p., juillet 2012)
ISBN : 978-2-296-96257-6

JE FAIS RÉSONNER LE ROULEAU-TOMBEAU-TAMBOUR DE MES MOTS ZÉLÉS !
Alain Robinet
«Du poète Alain Robinet, on peut aussi dire qu'il fait des listes. La liste, chez lui, ne vise pas les choses, mais les mots, ou, pour le dire autrement, la langue. La liste n'est pas alors la matière d'une poésie qui viserait à dire le monde, mais le support qu'il va s'agir de travailler. Point de départ du travail poétique, elle est une page, ambiguë, qu'il va s'agir non plus de remplir, mais de mettre en mouvement.» Guilhem FABRE
(Coll. Levée d'ancre, 22,5 euros, 176 p., juillet 2012) ISBN : 978-2-296-96767-0

LE CHANT DES ANGES
Xavier Lainé
Le poète se fait lecteur de ces signes invisibles, de ces infimes fragrances qui se déclinent en subtils parfums, où apparaissent les anges. Ils sont partout, dans ce halo lumineux d'amour et de bonheurs à peine éclos, évanescents, tissés dans la fulgurance des rencontres. Xavier Lainé voyage dans l'univers de l'indicible, tente de le traduire en mots qui flottent à la surface des pages, ouvrant à peine la bouche.
(Coll. Accent tonique - Poésie, 10 euros, 60 p., juillet 2012) ISBN : 978-2-296-96573-7

POÈMES À LA NUIT
Patrick Aimé Durantou
Les poèmes de cette oeuvre poétique biparthite constituent un long poème dont il convient d'en apprécier la trame. L'auteur conjoint dans cette dramaturgie créatrice le lyrisme à la musicalité des vers toujours présente que l'eurythmie pourvoit au texte. Ceci contribue à parfaire toute la richesse du sens comme à la vertu archétypale de l'expression que le poète ne cesse d'explorer.
(12 euros, 90 p., juillet 2012) *ISBN : 978-2-296-99455-3*

LE PETIT NÉGLIGEABLE
Magali Le Piouff
Le Petit Négligeable met en scène des maximes qui prennent racine dans un univers poétique avec humour-humanité. Elles se déchiffrent par permutations de leur centre de gravité en toute liberté. Elles sont aussi suspendues sur un fil en équilibre. Et à leur chute, elles se retrouvent entre ciel et terre.
(11 euros, 76 p., juillet 2012) *ISBN : 978-2-296-96270-5*

DONNER LA MAIN À CHAQUE INSTANT DU JOUR
Marité
La méchanceté ne fait partie ni du vocabulaire ni de la vie de l'auteur. Mais ô combien sont présents l'émerveillement et la confiance. Ses poèmes naissent toujours des émotions éprouvées dans ces moments particuliers de joie, de doute, tristesse ou bonheur. «Utopie», qui clôt ce recueil, symbolise son idéal de relation entre les êtres humains.
(Coll. Vivre et l'Ecrire, 16,5 euros, 158 p., juillet 2012) *ISBN : 978-2-296-99403-4*

LES CHANTS DE PARISE
Thérèse Bernis
«Comme une poule qui aurait / perdu une plume, dix plumes, / puis une aile entière et enfin / toutes les plumes se seraient envolées / sans qu'on sache pourquoi. / Je ne veux pas mourir sans avoir / exprimé ma rage de vivre, / raconté mes amours, mes luttes. / Je ne peux pas les garder / pour moi seule.»
(Coll. Poètes des cinq continents, 10,5 euros, 74 p., juin 2012)
ISBN : 978-2-296-96381-8

OGO
Arnaud Delcorte – Préface de Toussaint Kafarhire Murhula
Il n'y aucune parole « humaine » qui ne soit la demeure de l'esprit. Il n'y a pas d'appel qui ne dérange nos certitudes. Pour le reconnaître, il suffit de lire Ogo comme on lit un mythe, comme on tâtonne en religion ou comme on questionne en philosophie. Ogo dit de l'homme le déracinement, l'enracinement, et le dépassement. Ogo dit que toute expérience est unique ; qu'elle est manque de terroir. Il dit l'inquiétude métaphysique et non pas la fiction d'une culture ou d'une époque. T. K. Murhula
(Coll. Poètes des cinq continents, 14 euros, 130 p., juin 2012)
ISBN : 978-2-296-96094-7

HORS TEMAZCAL
Michel Cassir
Préface d'Hervé Bauer
L'écriture trace son cercle magique autour des choses. Elles viennent s'y disposer en une constellation qui oriente nos plus beaux égarements. (...) Car Michel Cassir s'aventure dans l'imaginaire et rêve le réel. Fidèle en cela au mot d'ordre surréaliste : «Dormir les yeux ouverts, agir les yeux fermés». Toutefois, ce n'est pas seulement dans cette communication du rêve et de la réalité que la poésie de Michel Cassir s'apparente au surréalisme mais aussi dans ce qu'on pourrait appeler un instinct magnétique de l'image... Extrait de la préface d'Hervé Bauer
(12 euros, 98 p., juin 2012) *ISBN : 978-2-296-96755-7*

SOURCES
Atelier poésie jeunesse
Sous la coordination de Danièle Corre
Emerveillée par le pouvoir créateur des enfants, Danièle Corre accompagne leur écriture depuis 25 ans, le temps d'en faire des hommes et des femmes que la poésie émeut et dont elle reçoit des témoignages revigorants, tous évoquant le temps gagné dans la connaissance de soi. Ce recueil est une sélection des poèmes écrits pendant deux années scolaires, regroupant des textes d'élèves dont elle suit la progression depuis la classe de sixième, en un atelier hebdomadaire d'une heure.
(Coll. Accent tonique - Poésie, 10 euros, 62 p., juin 2012)
ISBN : 978-2-296-99251-1

COEURS ÉBOUILLANTÉS - NUPLIKYTOM SIRDIM
Dix-sept poètes lituaniennes contemporaines
Coordonné par Nicole Barriere, Diana Sakalauskaité
La réunion de textes poétiques d'auteures lituaniennes autour du parcours de ces femmes de différentes générations, le regard qu'elles portent sur l'humain, leurs espoirs, leur dignité et leur courage sont autant de témoignages à travers leur poésie, peu commune en France. Ce recueil de poèmes bilingue est le fruit de ce travail minutieux de compréhension réciproque pour offrir une aire commune d'échanges et de partages à travers l'imaginaire de chaque poète lituanienne.
(Coll. Accent tonique - Poésie, 22 euros, 260 p., juin 2012)
ISBN : 978-2-296-99114-9

RIMBAUD L'AFRICAIN, DISEUR DE SILENCE
Chehem Watta
Préface de Claude Jeancolas
«Le livre de Chehem Watta ne vise pas la démonstration, ni l'exégèse, il est poème, cantique d'amour à Rimbaud, à la corne d'Afrique et à l'union des deux, reconnaissance et prière. Un livre exigeant. Il réclame qu'on fasse silence, qu'on taise toutes les rumeurs prosaïques de notre quotidien, qu'on se rende disponible.» Extrait de la préface de Claude JEANCOLAS
(25,5 euros, 256 p., juin 2012) *ISBN : 978-2-296-99180-4*

TRANSPARENCES DURES & EXHIBIT
Françoise Geier
La confrontation d'un poéte avec le quotidien n'est pas un exercice sans danger et nécessite autant d'attention que d'empathie. C'est ce qu'a compris Françoise Geier qui, à une observation subtile source d'inspiration, mêle humour et malice, mais sans exagération. André Mathieu, poéte-journaliste
(Coll. Accent tonique - Poésie, 10 euros, 62 p., juin 2012)
ISBN : 978-2-296-96546-1

LES SONNETS DE WILLIAM SHAKESPEARE
Présentation, traduction et commentaires - avec CD
Jacques Lardoux
Les célèbres Sonnets furent publiés une première fois à Londres en 1609. Les critiques s'accordent sur leur rôle charnière non seulement dans l'oeuvre de

Shakespeare, mais aussi dans l'évolution esthétique du temps. Les sonnets au beau jeune homme blond constituent les deux tiers de l'ouvrage, le dernier tiers est consacré aux sonnets à la dame brune, et ce ne sont pas les moins originaux.

(Coll. Littérature classique textes et commentaires, 18,5 euros, 118 p., juin 2012)
ISBN : 978-2-296-56997-3

LES ÉDIFICES

Jean-Christophe FILIOL

En l'an deux avant notre ère, Mslaj fait trembler la terre du Nord-Est de la Crête. Les chemins pourtant brisés, le Fils des pierres et Médoussa vont se croiser. Ils construisent et reconstruisent, en Sisyphe heureux, sans conscience de l'après, sans se voir monter l'édifice et sans peurs.

(Coll. Levée d'ancre, 10 euros, 58 p., juin 2012) *ISBN : 978-2-296-96760-1*

BUKOWSKI N'EN A JAMAIS PARLÉ

Poèmes libres

Gave Sam

Elle jongle inexorablement / Avec ses balles / Alors que le soir tombe / L'une au-dessus de la tête / L'autre autour du coeur / La dernière entre les jambes / elle jongle inexorablement / Avec ses balles / Alors que le jour se lève / La première est la liberté / La deuxième est l'amour / La troisième est l'homme

(13,5 euros, 120 p., juin 2012) *ISBN : 978-2-296-99053-1*

L'HARMATTAN ITALIA
Via Degli Artisti 15; 10124 Torino

L'HARMATTAN HONGRIE
Könyvesbolt ; Kossuth L. u. 14-16
1053 Budapest

L'HARMATTAN KINSHASA
185, avenue Nyangwe
Commune de Lingwala
Kinshasa, R.D. Congo
(00243) 998697603 ou (00243) 999229662

L'HARMATTAN CONGO
67, av. E. P. Lumumba
Bât. – Congo Pharmacie (Bib. Nat.)
BP2874 Brazzaville
harmattan.congo@yahoo.fr

L'HARMATTAN GUINÉE
Almamya Rue KA 028, en face du restaurant Le Cèdre
OKB agency BP 3470 Conakry
(00224) 60 20 85 08
harmattanguinee@yahoo.fr

L'HARMATTAN CAMEROUN
BP 11486
Face à la SNI, immeuble Don Bosco
Yaoundé
(00237) 99 76 61 66
harmattancam@yahoo.fr

L'HARMATTAN CÔTE D'IVOIRE
Résidence Karl / cité des arts
Abidjan-Cocody 03 BP 1588 Abidjan 03
(00225) 05 77 87 31
etien_nda@yahoo.fr

L'HARMATTAN MAURITANIE
Espace El Kettab du livre francophone
N° 472 avenue du Palais des Congrès
BP 316 Nouakchott
(00222) 63 25 980

L'HARMATTAN SÉNÉGAL
« Villa Rose », rue de Diourbel X G, Point E
BP 45034 Dakar FANN
(00221) 33 825 98 58 / 77 242 25 08
senharmattan@gmail.com

L'HARMATTAN TOGO
1771, Bd du 13 janvier
BP 414 Lomé
Tél : 00 228 2201792
gerry@taama.net

546391 - Novembre 2013
Achevé d'imprimer par